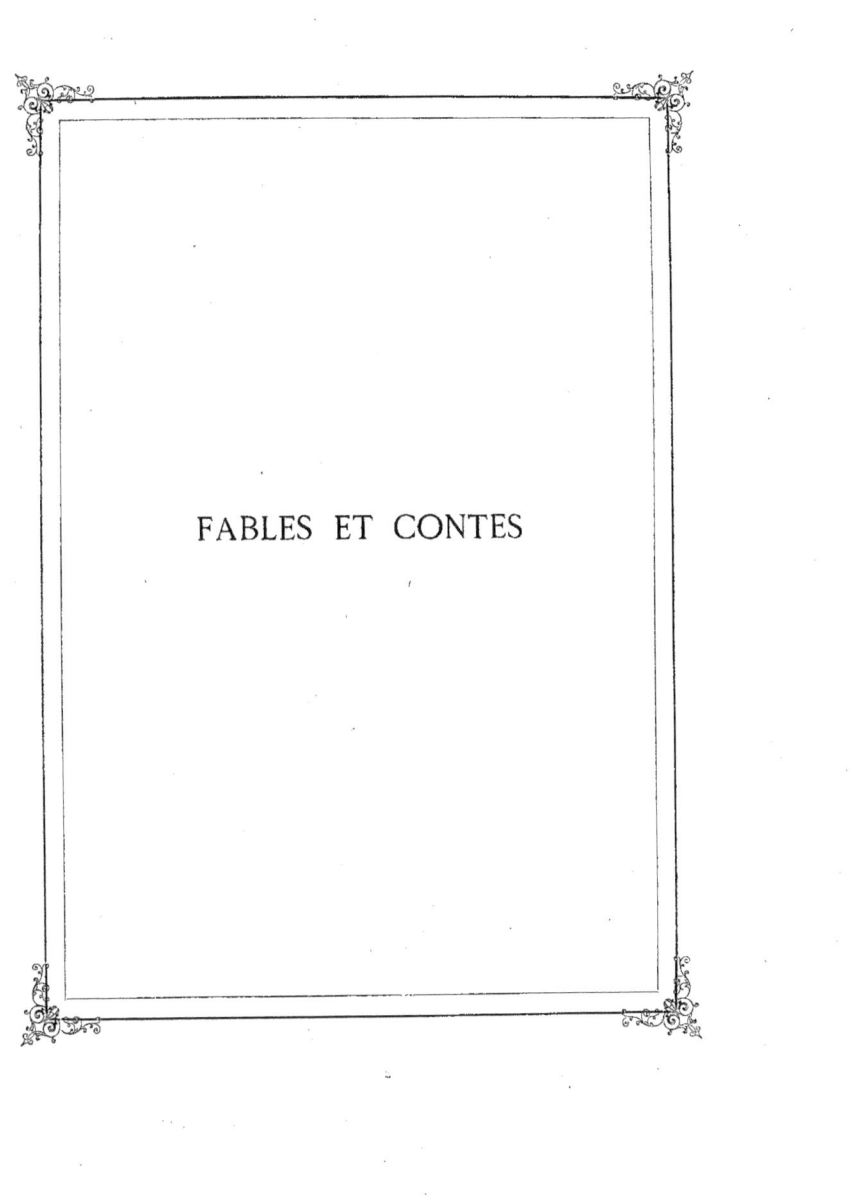

FABLES ET CONTES

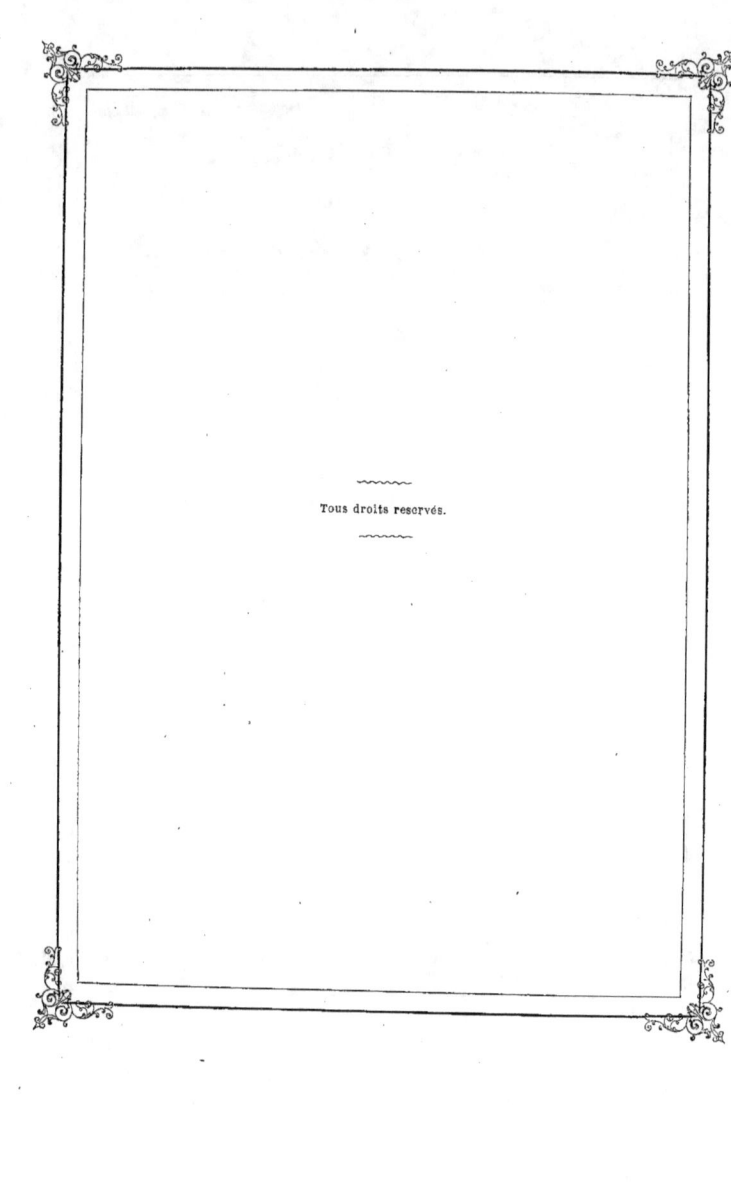

H.ᵀᴱ ᴅᴇ Tʜɪᴇʀʀʏ-Fᴀʟᴇᴛᴀɴs

FABLES ET CONTES.

ESSAIS

DESSINS

ᴅᴇ

BRESDIN ET ECOSSE

GÊNES

IMPRIMÉ A LA TYPOGRAPHIE DE L'INSTITUT
ROYAL DES SOURDS-MUETS
CRÉÉ PAR NAPOLÉON I.
M,DCCC,LXXI

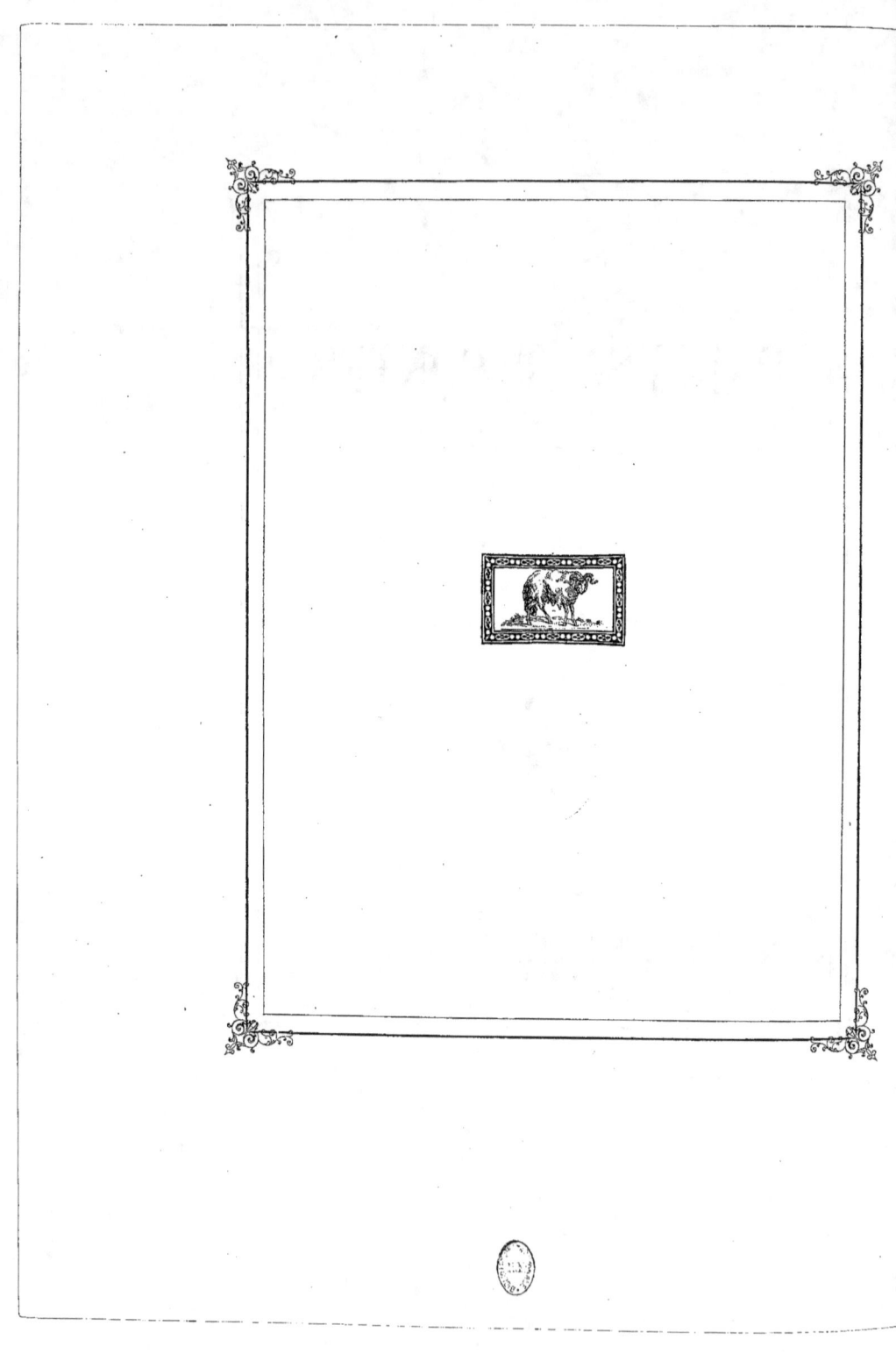

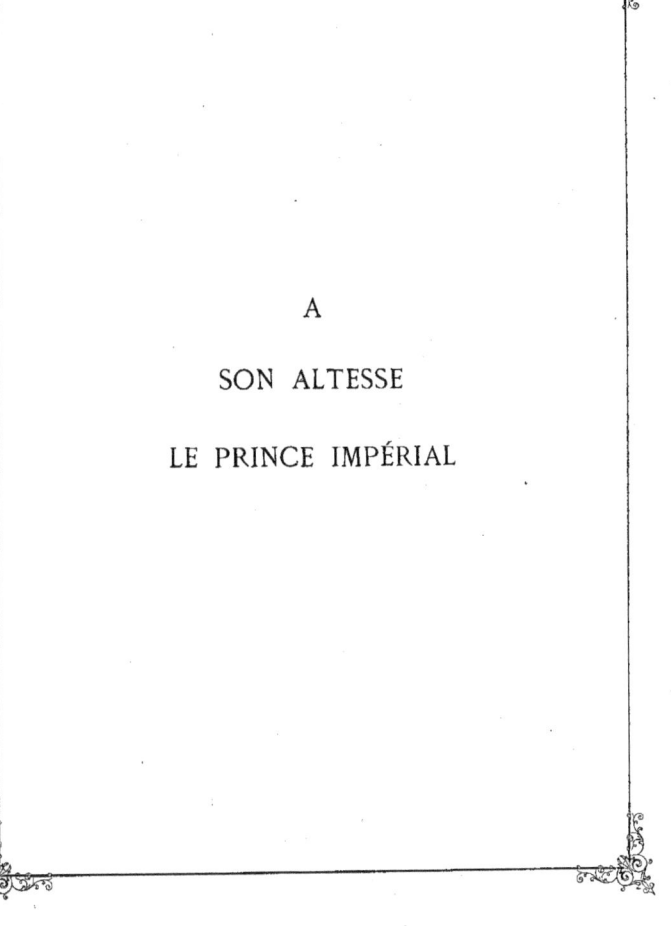

A

SON ALTESSE

LE PRINCE IMPÉRIAL

Monseigneur,

L'approbation que l'Empereur votre auguste père a daigné accorder à ce mince ouvrage publié au mois de Mars dernier à l'occasion de l'anniversaire de votre naissance et l'accueil encourageant qu'un certain nombre de lecteurs fait à ce livre dont l'impression a été fort restreinte m'ont décidé à en faire paraître une seconde édition.

Je vous en présente, Monseigneur, respectueusement un exemplaire.

Publier un volume de fables après La Fontaine c'est peut-être hardi, oser ensuite dédier à Votre Altesse impériale ces premiers essais, voilà je le crains malgré la haute faveur dont j'ai été honoré, bien de l'audace de ma part.

Cependant ma témérité trouvera grâce, je l'espère aussi à vos yeux, Monseigneur, dans le but même qui m'a inspiré: celui de vous faire un humble hommage, me joignant de tout mon cœur aux nombreux témoignages de sympathie respectueuse qui vous sont adressés.

Que Votre Altesse impériale daigne agréer favorablement l'expression des vœux bien sincères que je fais pour son bonheur.

J'ai l'honneur d'être avec le plus profond respect, de Votre Altesse impériale,

le très humble et très obéissant serviteur

J. Cte de Thierry J. de Faletans

Décembre 1871.

FABLES ET CONTES

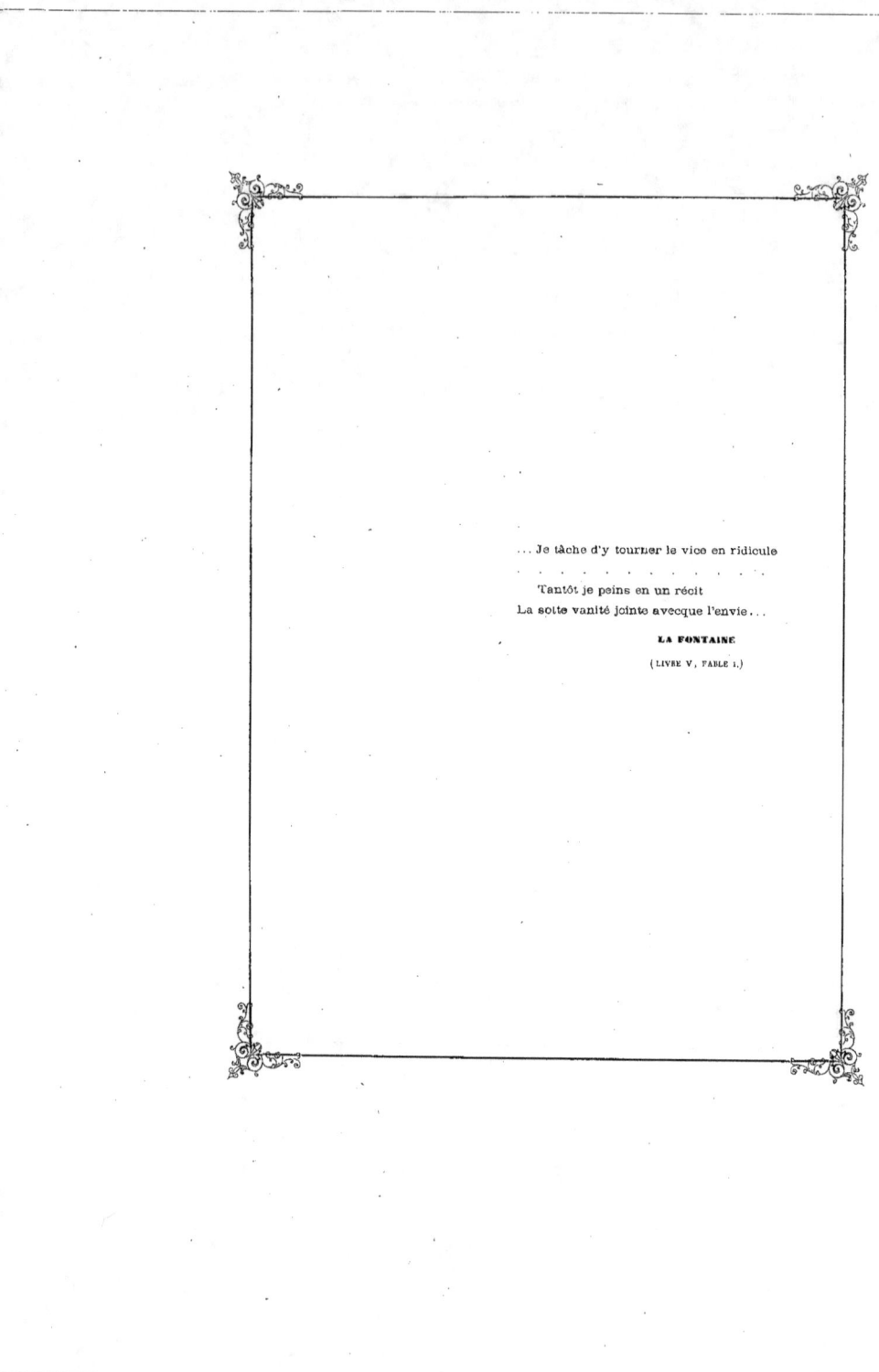

... Je tâche d'y tourner le vice en ridicule

. . . .

Tantôt je peins en un récit
La sotte vanité jointe avecque l'envie...

LA FONTAINE

(LIVRE V, FABLE 1.)

I.

L'ANE ET LA LOCOMOTIVE.

Un Ane d'âge mûr, cheminait lentement;
Il portait sur l'échine un lourd sac de froment;
Certain bâton noueux avait, sur la surface
De son rude épiderme, imprimé mainte trace...
L'Ane suivait pensif la route du moulin,
Semblant compter ses pas tout le long du chemin;
Mais voilà qu'il s'arrête auprès d'un bloc énorme,
Moitié fer, moitié cuivre et d'un aspect informe;
C'est la Locomotive au ton brusque et criard,
Qui voyant l'embarras de notre campagnard,
Lui fait un beau discours boursouflé d'éloquence,
Pour démontrer au mieux son extrême importance.
L'Orateur tout entier aux lyriques excès

Sans cesse lui vantait l'universel progrès,
Les aises de la vie et l'immense avantage
Qu'ajourd'hui la vapeur offre aux gens en voyage.
L'Ane branle l'oreille et poursuit son chemin;
L'autre, plein de dépit reprend d'un air hautain:
« Quand tu fais quatre pas tu regrettes l'étable
Moi, j'avance toujours, toujours infatigable...
De la vapeur le souffle emporte les fardeaux
Bien au loin sur les mers et par monts et par vaux:
Une heure et l'on franchit espace sur espace,
Tandis que sur ta maigre et vilaine carcasse
On t'applique à tout pas, ô mon pauvre baudet,
Quelque vigoureux coup de trique ou de fouet.
L'orgueilleux monstre veut qu'à l'instant on l'admire:
Ses naseaux sont en feu, mugissant, en délire,
Il glisse et s'en va, tout fumant, parader
En criant au grison: « Tu n'as qu'à regarder! »
          Mais soudain, à toute vitesse,
          Lançant un aigu sifflement,
          Survient un long train en détresse
          Et tout cède au choc foudroyant:
Voyageurs et colis, et vagons et chaudière

Se heurtant, s'écrasant, roulent dans la poussière ;
Enfin bientôt après on n'eut sous les regards
Que des blessés, des morts, et maints débris épars !
Bien que fort peu subtil et de faible sagesse
L'Aliboron se dit, non sans quelque justesse :
« Où diantre est le profit de si fort se hâter,
Pour qu'à moitié chemin tout aille culbuter ?
Chacun se rit de moi ; mais tout en broûtant l'herbe,
Je rumine souvent ce fort ancien proverbe :

> « *Chi va piano va sano,*
> » *Chi va sano va lontano* ».

II.

LE ROCHER ET LE CAILLOU.

Du haut d'une montagne, au moment d'un orage
Roulait d'étage en étage
Un majestueux rocher ;
L'implacable tempête ayant fait table rase
Venait de l'arracher
A son auguste base...
Un tout petit Caillou, que méprisaient les grands,
Veut, au bord des gouffres béants,
Retenir le Rocher... Le seigneur de porphyre
Lui dit : « Pourquoi te placer devant moi ? »
« C'est pour vous sauver Sire !
» Ou périr fidèle à mon Roi. »

— « Me sauver, malheureux, mais ta perte est certaine;
» Vois ce souffle ennemi, qui sur nous se déchaîne,
    » Tu veux remplir un noble, un saint devoir,
      » Et ton sacrifice inutile
» Ne saurait triompher de la fortune hostile !
» Tout est perdu !.. je vois l'injuste prévaloir,
      » Qu'à mon sort plus rien ne t'enchaîne. »
Cela dit, le Rocher, que la tourmente entraîne,
Ecartant le Caillou, s'élance d'un seul bond
    Et disparaît dans l'abîme profond.

Aux Puissants de nos jours la fortune trahie
Reserve rarement une parole amie !..
    Notre Caillou, plein de zèle et d'ardeur,
Fit à son Souverain une offre généreuse
Qui n'obtint qu'un refus; mais sans nulle hauteur,
Car le Rocher songeait au pauvre serviteur
    Bien plutôt qu'à la chûte périlleuse,
      Qui lui ravit tout... « fors l'honneur ! »

III.

LE LABOUREUR ET SA TROUVAILLE.

Un Laboureur était heureux,
Quand dès l'aube il voyait ses grands et vaillants bœufs,
Que rarement il aiguillonne,
Traîner le large soc dans le champ qu'il sillonne.
Un jour il découvrit un creux
Tout rempli d'un amas de piécettes charmantes:
« Oh! c'est de l'or! comme elles sont brillantes!
» Me voilà riche ma foi!
» Se disait le pauvre homme, et riche comme un roi! »

La charrue et ses boeufs de suite il abandonne;
Il court chez le curé, qui bientôt le sermonne:
— Mon ami, lui-dit-il... mais ce sont des jetons! »
Criant, jurant, pestant et sans plus rien entendre,
Notre fou tout penaud retourne à ses sillons;
« Eh! mes boeufs, disait-il, si l'on va me les prendre,
        Cré dié! je n'aurais qu'à me pendre! »
            Le fit-il, je ne sais;
            Mais je puis vous apprendre
        Qu'il ne les revit plus jamais!

Plus qu'en tout temps le lucre est par trop le mobile
    De bien de gens: On veut un prompt succès,
On méprise un travail lent, assuré, facile,
L'on dédaigne du sol les généreux bienfaits,
    Et du foyer le vrai bonheur s'éxile!
Que reste-t-il alors?... Le clinquant des niais!

IV.

LE CORBEAU ET LES COLOMBES.

Certain Corbeau plus vain encore
Que son ancêtre, tant fameux,
Et fier, dit-on, ainsi que l'aigle dont l'aurore
Eclaire le vol glorieux,
Aperçut un matin une troupe candide
De Colombes et Pigeonneaux,
Qui s'élançaient de l'herbe humide,
Cherchant à dépasser le sommet des ormeaux;
Il se dit: A leurs faibles ailes
Procurons des forces nouvelles;
Pauvres êtres chéris, j'en ai vraiment pitié!
D'où vint cette étrange amitié,
Cet étonnant souci, cette rage d'instruire?

Il veut faire parler de lui... le pauvre sire !

Et par monts et par vaux,

Aussitôt cris confus pareils à mille trombes,

Lancent au loin l'annonce : « Accourez tourtereaux,

Et vous aussi douces colombes,

Devant ses bons amis, Corbeau veut vous dresser

A bien vous élancer sur les plus hautes crêtes,

Jusqu'aux régions des tempêtes,

Et même à vous balancer

Sous le soleil en tous parages,

Au dessus des clochers, dans les plus hauts nuages.

A dix heures, demain,

Venez sur le rocher voisin ;

Vos excellentes mères,

De vos grands succès, seront fières ».

Trompant l'espoir de ce corbeau bouillant

L'appel n'eut pas un succès bien brillant :

Quelques Colombes de tout âge,

Des Pigeons par trop curieux,

Seuls se laissèrent prendre à tout ce vain tapage :

Ils sont là tout anxieux

Ecarquillant leurs yeux

Devant de noirs docteurs, aux serres bien cruelles !
Et le Corbeau lorgnant parmi les colombelles
      Galamment lisse ses ailes;
      Puis démontrant son savoir
      (Sempiternel dévidoir !)
Préside ses amis, trop experts oiseleurs
    Pour n'être pas de terribles censeurs...
Enfin, Pigeons, faucons, buses chacun se flatte
D'obéir à sa voix... L'on part vers les hauteurs...
L'oiseau prêche d'exemple et... se casse la patte.
Tous de rire en concert du trop fougueux Corbeau,
    Et plus d'un joli fauconneau,
    Profitant de l'instant, s'élance
      Sur les naïfs tendrons
      Epars aux environs...
        Quelle danse !
Jurant qu'à ces leçons on ne l'y verrait plus
Le Corbeau tout honteux s'échappe l'aile basse...
Et maint élève tombe en de grands becs crochus:
« La faim vient en mangeant, » maman Colombe y passe!..

Un rien peut égarer et même pervertir

Notre tendre moitié dans sa frêle jeunesse.

Que le savoir éléve, on peut en discourir,

Mais pour grand'dame, ou non, un parfum de simplesse

Doit mieux convenir;

Et ne vaut-il pas mieux pour une jeune fille

Apprendre la sagesse au sein de la famille,

Plutôt que de courir

A « l'école supérieure »

Où tout se défleure

A plaisir,

Où la candeur et même l'innocence

Dit-on, peuvent d'avance

Périr!

Laissons donc aux *yankes* de la libre Amérique

Leur « haut enseignement » comme leur république;

Ce qu'on estime bon dans tel ou tel pays,

Dans l'application, perd souvent de son prix.

V.

LA BALEINE ET LE FRETIN.

Par cette fable, cher lecteur,
Je voudrais vous conter l'extrême gourmandise
D'un gros Léviathan, profond spéculateur;
Et comment à propos cet enfant de Moïse
Dans ses profit sut mettre, en bon agioteur,
Des tout petits rentiers l'impayable sottise.

Dans un lointain océan,
Un jour que l'ouragan
Confondait terre et ciel de sa terrible étreinte,
Cent peuples fils des flots, redoutant son atteinte,
Fuyaient de ça de là, dans un commun élan.
Pas un coin de mer tranquille

Ne leur offrait un asile...

Seule, près d'un rocher, et bravant l'aquilon,

Une Baleine était calme immobile...

Vers elle tout le gros et le menu poisson,

Espérant fuir le choc de la tempête,

S'approche fasciné par l'oeil doux, amical

Du Géant, qui leur dit, du ton le plus honnête:

« Ne redoutez plus aucun mal,

Venez amis, rien n'est à craindre,

Je vous dorloterai... point n'aurez à vous plaindre,

« Foi d'animal ».

A ces promesses illusoires

Quelques prudents poissons détendent leurs nageoires,

Et fuiyent le Géant, à l'air par trop bénin...

Le grand nombre, tout le fretin,

De s'écrier en choeur: « O Reine!

Grande et magnanime Baleine!

Ah! protegez-nous contre un féroce requin,

Du liquide élément redoutable aigrefin,

Et nous plaçons en vous toutes nos espérances;

Ménagez-nous un port sous vos fanons immenses.

A cette étrange oraison

Le monstre de sa gueule entrouvre la cloison,
Et par milliers tous ceux qu'il ensorcelle,
Trop confiants, s'y jettent pêle-mêle.
Cependant, sans dégringoler
En son coffre profond, ils sont sous sa tutelle:
Chose étrange, on pu voir leur nombre centupler...
Un beau matin l'ami s'en va livrer bataille
Et, sans avoir fait ripaille,
Revient fort compromis... Alors, dans ses flancs creux,
Il coule sans pitié l'essaim aventureux:
Harengs, anchois, merlans et toute la marmaille !

Le ventre des banquiers,
N'aimant pas faire carême,
Sait engloutir tout de même
Le fretin des rentiers.

VI.

LE CHOU ET LES LIMAÇONS.

Au pied d'un Chou de fort belle venue,
(Ils ont quelque renom en la Franche-Comté)
Un limaçon disait: « J'ai faim!... la charité!
  » J'ai froid! ma peau, voyez, est nue! »
Les Choux ont partout le coeur bon
C'est connu, le notre répond:
  « Montez donc que je vous recueille,
Mettez-vous à l'abri sous ma plus large feuille. »

Le fainéant, sans plus se plaindre ou criailler,
    Quitte le sol et monte s'installer,
D'abord modestement sous un pli du feuillage...
      Puis compagnes et compagnons,
      Limaces et Limaçons,
Y viennent gentiment établir leur ménage.
      Enfin par l'exemple alléchés,
D'autres se sont du Chou tout autour accrochés,
Au point, qu'en peu de temps, sous leur poids il succombe,
Troué comme un vieux crible il se dessèche et tombe.

     Le monde est plein de gens
Pareils aux limaçons, mendiants pleins d'audace,
    L'un vous cajole, un autre vous tracasse,
      Pour ne vivre qu'à vos dépens.
      Il faut être bon, non bonasse !

VII.

LE LOUP DÉMAGOGUE.

Au lointain pays qu'autrefois
Découvrit le hardi Génois,
Deux beaux et braves chiens de chasse,
Tous deux noirs et de bonne race,
Malgré leur pénible labeur
Vivaient sans maudire leurs chaînes...
Hélas! se disaient-ils, toute vie a ses peines!
Certain jour un loup raisonneur,
     Emérite hableur,
Leur tint « à peu près ce langage: »
« Hé! sots amis de l'esclavage,
» Sachez donc que la liberté
» Conduit à la fraternité...

» Oui, suivez-moi, venez, pour jouir du bien-être

» Sans devoir rapporter au tyran, votre maître,

» Et sans travail ni peine ayant tout à foison

» Gibier à poil, à plume et dans toute saison... »

Alors sans défiance,

Après ce *speech* insidieux,

Le moins fidèle des deux

Suit la trop avide engeance...

A quelque temps de là, « tout honteux et confus, »

Clopin, clopant, tous les membres perclus,

Léchant d'un air piteux et bosses et morsures,

Souvenirs chagrinants de folles aventures,

Noiraud s'en revint au logis;

Son frère, au poil frais et lustré, l'aborde :

— « Miséricorde !

» Quels flancs amaigris !

» En quelle compagnie

» As-tu donc voyagé ? — « Je viens de chez les loups

» De vrais pendards, d'adroits filous.

» Fallait-il attaquer ?... pour épargner leur vie

» En tête il me plaçaient devant les ennemis,

» Me promettant ma part de gloire et de richesse.

» Victorieuse enfin cette gent larronnesse,

» Oubliait sans pitié le bien être promis !

   » Et je ne reçus en partage

   » Que coups de dents pour tout potage !

» Aussi reviens-je au maître, et carcans pour carcans,

   » Au diable ceux des charlatans !

Travailler, vivre en paix, vivre comme naguère

Camarade, crois moi, ça fait mieux notre affaire !

Nous sommes plus ou moins esclaves ici-bas !

A quoi bon, novateurs, tout fouler sous vos pas ?...

   Dans votre rage humanitaire,

   Pourquoi ces haines, ces combats ?

    Si vous criez: « Guerre, guerre ! »

    L'écho vous répond: « Misère ! »

VIII.

LE PÊCHEUR VOLÉ.

Certain vieux maraudeur, dans un petit bâteau,
Sous les saules caché, près des bords d'un ruisseau,
Amorçait les poissons au bout d'un traître piége;
     C'était un fil fort long et fort plombé.
Le fin matois pêchait dans le temps prohibé,
Et dédaignait la ligne, au bouchonnet de liége;
Que ce bohémien paraissait donc heureux!
Il se croyait sans doute en un coin poissonneux.
Son âne, sous la pluie, à vingt pas en arrière,

Se morfondait tout seul et trempé jusqu'aux os;
De s'en plaindre il n'y songeait guère:
Car, pêcheurs et baudets, repètent les échos,
Sont modèles en constance,
De vrais héros de patience.
Le temps et l'eau coulaient... Enfin notre pêcheur
Attrape un brocheton, de modeste grosseur,
Tout joyeux il le décroche
Et le glisse en la sacoche.
Pendant ceci, d'un buisson,
Sort un filou, passé maître,
Qui, sautant sur le grison
Ne tarde pas à disparaître.

Tout occupés de leurs petits succès
Combien de gens, à la cour, au village,
Ne voient pas surgir l'orage,
Cause de leurs tardifs regrets!

IX.

LES TROIS ENFANTS ET LE PARAPLUIE.

Trois gentils Gars du plus jeune âge,
Le plus grand gardant le milieu,
Cheminaient sous l'oeil du bon Dieu ;
C'était à travers champs, neige et vent faisaient rage.
D'un Parapluie au centre ils se tenaient garés,
L'un près de l'autre et bien serrés,
Pour se donner plus de courage.
Cet abri déjà vieux appartenait jadis
A leur père, et dès lors à l'ainé des trois fils...
Le plus jeune d'entre eux se plaint que de la neige

Qui fouette rien ne le protège;

« Louis, murmure-t-il,

» Est loin d'être gentil:

» Grâce à ce qu'il est grand, de nous le plus robuste,

» Il garde tout pour lui; mais cela n'est point juste! »

Louis sans autre, sur ces mots,

Passe la pesante machine

Au mutin, dont la main encor trop enfantine

Ne peut tenir de tels fardeaux,

Aussi la rafale enlève

Ce frêle toit mouvant, le disloque, le crève

Et nos trois Jouvenceaux

En larmes, sont à voir comment il se tortille,

Tout réduit en lambeaux

Que le vent éparpille...

C'en est fait de l'abri: souvenir de famille!

Plus d'un jeune éventé

Veut part égale en tout et sans trêve il murmure,

Comme ces grands enfants, rêveurs d'égalité,

Qui placent l'idéal hors des lois de Nature!

X.

LE DIPLOMATE ET LA FOURMILIÈRE.

Dans un pays, rival de celui de Cocagne,
  Sous un vieux chêne, s'élevait
  Une sorte de montagne
  Couverte jusqu'au sommet
D'un réseau de fourmis, qui toutes, sans relâche
  Etaient à leur laborieuse tâche.
  Un diplomate à l'air pensif,
 Rêvant à quelque plan d'un ordre tout fictif,
  Et chassant sur son domaine,

Rodolphe Bresdin fecit.

Voit certaine rotonde au pied du noble chêne;

« Pauvres êtres ! fit-il,

Ah ! qu'il vous faut de peine,

Pour charrier un grain de mil;

J'ai dans mon sac certaine chose

Qui vous plaira, je le suppose ».

Cela disant, d'une soigneuse main,

Voilà qu'il jette un peu de pain

Au centre de la pacifique

Cité formique.

Les défenseurs soudain sortant par mille trous,

Crient aux citoyens: « Les amis garde à vous! »

De chocs, de mouvements c'est une frénésie:

La fourmilière en grouille, en est toute noircie;

Par les cent détours du chemin

Accourent les fourmis qui flairaient le butin,

Puis sans redouter aucun piége,

La foule entière fait le siége

De la miche qu'elle envahit,

Qu'elle émiette et démolit.

Satisfait de son ouvrage

Mon diplomate, tout droit,

S'en va sous un laurier à l'immortel feuillage
Méditant sûrement quelque nouvel exploit.
Mais des branches du chêne un grand corbeau vint fondre
Sur le pain qu'il guignait et, de son large bec,
Il sut en un clin-d'oeil tout niveler, tout tondre
Et tout gober, le pain et les fourmis avec !

Quand l'utopie, hélas ! trahit le bout d'oreille,
    Même en pensant faire merveille,
Tout diplomate doit essuyer un échec.

XI.

LES MERLES ACADÉMICIENS.

En un pays
Plein d'érudits
Un concours fut ouvert, parmi les plus fins merles;
Dièses et bémols roulent comme des perles;
Nos oiseaux font valoir leurs chants aériens
Et leurs pompeux accents, d'académiciens!
Certain Merle parait... Sa voix profonde et vive
Charmait tous les échos d'une riante rive,
Le rossignol ne sait offrir de tels trésors!
On admire donc les accords
De ce trouvère excentrique;
Son étrange Muse lyrique
Déploit un multiple talent
Qui surprend d'abord puis enchante,

Rappelant Orphée et le Dante !

Aussitôt plus d'un concurrent,

Crêvant par l'envie et la rage

Que lui causait l'avis du docte aréopage,

Méchamment se hérisse et ne songe qu'à fuir ;

D'autres viennent crier remplis d'acrimonie :

« Au pilori ce fou vain de son avenir !

» Au diable ce bourreau de la douce harmonie !

Bref, tous d'une commune voix

L'auraient voulu voir mis en croix !

Pourtant sous la voûte dorée

De la mélomane assemblée

Voilà qu'aussitôt apparait

Un génie à l'aile azurée,

Dans sa main il tenait

L'olympique couronne,

Qu'il vint offrir au merveilleux chanteur ;

Voici, dit-il, du concours le vainqueur,

Dès ce jour qu'à jamais son nom partout rayonne !

Lors du barde incompris les bouillants détracteurs

Poussent mille hourras et lui jettent des fleurs ;

Calme notre héros plane au ciel de sa gloire

Sous les regards ravis de tout son auditoire;
    Enfin l'oiseau, rude jouteur,
Vint à connaître, au moins, le charme avant-coureur
    D'une renommée immortelle.

Il est rare de voir, grâce à tant d'envieux!
    Que le talent des audacieux
Remporte une victoire, aussi prompte, aussi belle.
O poète! ô rêveur! la foule d'un seul cri,
Dans ces temps dissolus, te voue au pilori
    Et t'accable de son rire;
    A ton douloureux martyre
    La mort est un soulagement,
    Alors... mais alors seulement,
    On te rend justice, on t'admire!

XII.

LE BALLON CAPTIF.

Au dessus de Paris planait un gros ballon
Suspendu dans les airs, ainsi qu'un acrobate,
Et sur terre attaché, tout comme un hanneton
    Au fil qui le tient par la patte.
    Fier d'un semblant de liberté,
Il oscillait sur place au bon gré de la brise.
    Sans se douter de sa sottise,
    (Tant il était gonflé de vanité),
Il croyait dominer et la terre et les ondes
Prétendant, de ce point, régenter les Deux-Mondes.
Ainsi que ce ballon maint bourgeois de Paris
Voudrait nous imposer ses pensers, ses écrits !

XIII.

VIEUX ET JEUNES CASTORS.

Quelques bon vieux castors, le long d'une eau rapide,
Reparaient une digue, oeuvre du temps jadis,
Un travail à la fois pittoresque et solide;
 D'autres castors, jeunes, grands étourdis,
  Parcourant le pays,
Critiquaient, à qui mieux, cet ancien édifice
Exigeant que soudain on le leur démolisse.
Parmi la jeune bande, un moderne pédant,
 Sourd au Divin Commandement,
  Qui préscrit à tous les êtres
  De respecter leurs ancêtres,
S'écrie: « Est-il permis en ce temps de progrès
 D'échafauder des travaux ainsi faits !
Allons qu'on jette à bas cette vieille masure
Sans ornement dorés, sans la moindre moulure. »

Aussitôt fait que dit... Quelques anciens castors,
Par les jeunes séduits, secondent les efforts
De ceux-ci. Puis, l'on dresse une digue nouvelle,
Du dernier goût un pur modèle :
Chacun, sans être né malin,
Eut pu juger l'œuvre d'avance,
Car elle avait l'apparence,
Et surtout la consistance
D'un beau mur en biscotin.
Aussi, lors d'un gros orage,
Ce travail, à peine achevé,
Fut par les courants enlevé
Comme un léger coquillage !

En ce temps de démolisseurs,
Nos monuments, nos principes, nos mœurs,
Tout enfin est léger, factice et rien n'est stable ;
Aussi les nouveaux bâtisseurs
Par trop souvent, je crains, travaillent sur le sable !

XIV.

L'AIGLE DEVENU DÉBONNAIRE.

APOLOGUE.

Un Aigle de belle envergure,
    Qu'on prétendait au déclin de ses jours,
D'innombrables sujets tolérait le murmure
    Et même plus d'un violent discours...
    Comme de juste il désirait transmettre
Sa couronne enviée à l'Aiglon bien aimé.
Lors donc aux plus mutins, il crut devoir promettre
Je ne sais quel régime aussitôt exhumé:
Plus de poulets croqués sans le moindre contrôle!
Plus de tendres brebis, qu'un sort cruel immole!

L'Oiseau de Jupiter, écoutant l'Equité,
S'engage à mettre un frein à son autorité;
Des plus profonds ravins jusqu'en sa royale aire;
Mille vertus semblaient remplacer l'arbitraire.
Dans quelques basses-cours on redoutait pourtant
De la part du Monarque un retour violent;
Plus d'un traître corbeau s'agite en bon apôtre,
Et maint oiseau criard, vaniteux, turbulent,
Du Roi sait obtenir plus d'un gage important:
Vite on arrache à l'Aigle une plume après l'autre;
Il ne lui restait plus que la serre et le bec.
Quand, voilà d'une gent experte en fait de ruses,
(Un groupe de faucons, je pense, et non de buses)
       Sans plus de salamalec,
L'approche, un beau matin, lui criant: « Sire alerte!
       Alerte! de tout côté
       On a juré votre perte.
       Au nom de la Liberté,
Vu le piteux état de tout votre plumage,
       Nous vous avons ménagé
Sur le haut d'une tour une superbe cage,
Où de bien de soucis vous serez allégé ».

On ignore en tout point comment tourna l'affaire ;
Au pire, hélas ! sans doute, et si je n'ai point tort,
Il est certain, que l'Aigle, à la naissante serre,
De son auguste père a partagé le sort,
     Aussi cruel qu'injustement sévère !

Je m'arrête, à quoi bon d'autres allusions ?
        J'en suis à l'épilogue ;
Résumons, en un mot, le sens de l'apologue :

    Pas trop de concessions !

Février 1870

XV.

L'ENFANT CURIEUX.

Un Enfant de savoir avide,
Voulant trouver l'âme de son tambour,
Le crève et le met tout à jour;
Qu'y trouva-t-il?... Le vide!

Que de savants chercheurs, en voulant sonder Dieu,
Y perdent grec, latin et leur dernier cheveu!

XVI.

L'OURS ET LE RENARD.

Certain lion, déjà sur l'âge,
Se trouvait en pèlerinage
Dans un pays lointain; surpris par les grands froids
Des rudes aquilons, se sentant aux abois,
Et n'ayant nulle envie
De laisser aux frimas sa repentante vie,
Il ordonna par un décret,
Lancé de la République
Du pôle artique,
Que sa cour vînt au grand complet.
Gent humble et gent altière
En très grand nombre accourt; mais craignant qu'en litière

Du roi, l'on ne changeât leur précieuse peau,

Chacun en tout son dire use d'afféterie...

A côté d'un gros Ours prend place un Renardeau,

Qui, s'adressant au roi, dit: « Sire je vous prie

      D'ouïr un humble serviteur,

Si ma robe suffit à votre pénurie,

De grâce, prenez-là, pour moi, c'est tout honneur ».

Près de l'Ours le Renard paraissait maigre chose,

Mais ceci militait en faveur de sa cause,

      La cause d'un fin cajoleur.

      Le lion rit d'une telle offre

      Et dit à son Caïmacan:

      « Peuh! j'aimerais mieux un bon coffre

      Plein de fourrures d'Astracan! »

Jusqu'à terre aussitôt tous de courber l'échine

De parler à la fois, d'émettre leur doctrine...

   Quand soudain, l'Ours, au poil long et luisant,

   Près du lion s'avance et gravement

      S'incline...

Député libéral et civique tribun,

Il était populaire en toute la contrée

Mais de crier: « A bas le noble et sa livrée !

Ou bien: « Vive le Roi! » pour lui c'était tout un.

« O! Grand Prince, fit-il, parmi ceux de race agneline
    Je connais quelques troupeaux
    Couverts de riches manteaux,
  Tout aussi blancs que l'éclatante hermine,
  En faut-il plus pour guérir tous vos maux ?
Non loin d'ici, courez au bout de cette plaine,
Vous y trouverez tous chair fraîche et bonne laine ».

A peine eut-il parlé, que la cour soudain
Se lève et déjà flaire un succulent festin;
  Mais le lion tout indigné, replique:
  « Quoi? dépouiller ces innocents moutons?
  Un bel exploit digne de loups gloutons!
D'ailleurs, je suis d'avis que compère Martin
Nous joue un quelque tour de maître-patelin:
    Il nous promet une ample aubaine,
    A son zèle j'y crois sans peine;
Mais pour sauver sa peau, voilà de ses moyens!
Il nous livre un millier de ses concitoyens!
Je ne connais que trop son piètre subterfuge,
Qu'on s'empare du sire, à l'instant qu'on le juge ».

    Lors, notre affreux Martin-Poilu,

Aussi méchant que vélu,
Perdit plus que sa pelisse;
Sans autre forme de justice,
Il fut, ni plus ni moins, *linché*.

Tout renard courtisan, aime user de finesse,
Et de péchés mignons s'est souvent entaché;
Mais je sais maint tribun, dont les tours de souplesse,
Frisent la scélératesse,
Et l'égoïsme de notre Ours!
Des deux gaillards quel est le pire?
De l'un, on peut plus au moins rire;
De l'autre il faut se défier toujours!

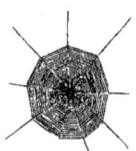

XVII.

LE PAPILLON ET LA MARE.

Sur les rides d'une eau verdâtre,
Une fleur, aux reflets d'albâtre,
Etalait sa fière beauté...
Amant de Dame Volupté,
Un Papillon, plein d'espérance,
Vers elle du plus loin voltige, puis s'élance
Et tombe dans la mare... Hélas!
Qui n'a jamais fait un faux pas?
Au pauvre insecte ailé, le danger se revèle;
Aussitôt, de l'impureté,
Il cherche à préserver son aile;
Il parvient près des bords, il est en sûreté...

Non sans efforts, il secoue
Les quelques traces de boue,
Qui de son frêle corps semé de poudre d'or,
Avaient terni l'éclat et comprimé l'essor.
Vers les cieux, enfin, il s'élève
Croyant sortir d'un affreux rêve,
Et dans les pures régions
Il jouit de nouveau du parfum des vallons!

Bien souvent sous nos pas s'offre plus d'une mare,
Sans nous crier: gare!
Si nous y sommes pris essayons d'en sortir,
Lors même que, grenouille, on aurait du plaisir
A patauger dans l'eau croupie:
En s'élevant, l'âme se purifie.
Relevons-nous aussi comme le papillon
Qui vole dans l'air pur vers le bleu pavillon!

XVIII.

L'ÉLÉPHANT ET LE CIRON.

Un Ciron, qui vivait aux pieds d'un Éléphant,
Eut voulut pour le moins égaler le géant;
Que fait-il? Il gravit tant et si bien au faîte
De l'énorme occiput, sans que rien ne l'arrête,
    Qu'il se croit bientôt
Du sage et fin colosse un pareil en puissance.
    N'était-ce pas de la démence?
En effet le voilà tout-à-coup bien penaud:
L'Éléphant contre un mur, s'étant frotté la tête,
Fit choir à son insu, l'imperceptible bête!

De même rampe, arrive et tombe plus d'un sot!

—▸┼╂┼◂—

XIX.

LES MUSICIENS AMBULANTS.

Un père et ses deux enfants,
　　Tout le long de l'année,
De pays en pays, prodiguaient leurs talents,
　　De musiciens ambulants.
Ils avaient obtenu certaine renommée
Que, par leur faute, on vit s'envoler en fumée
En ceci ressemblant à tant de pauvres fous,
Qui pourraient bien encor leur rendre des atouts.
　　De dextérité, vrai miracle,
Le père surmontait obstacle sur obstacle,
Tirant d'un violon les plus étranges sons;
　　Et l'aîné de ses deux garçons,
　　Assez fort sur la clarinette,
　　Filait au mieux mainte ariette;

L'autre se proclamait le prince des bassons!

Tous trois étaient l'orgueil d'un hameau de Bohême,

L'accord était parfait, leur bien-être de même,

Gros-sous, *maravedis*, en foule les *kreuzers*

Tombaient de tous côtés, même quelques *thalers*,

Leur vie, en vérité, rappelait leur musique,

Rien ne venait troubler son accord pacifique.

    Mais, un jour, la cupidité

    Remplaça la bonne harmonie

    En cette honnête compagnie,

Où, jusqu'alors, regnait douce aisance et gaîté.

Le père, le premier, (bien triste exemple à suivre)

    Se dit: « Seul je pourrais bien vivre;

Pourquoi donc partager le gain parmi nous trois?

Jadis on se disait: « L'union fait la force! »

C'était à la sagesse une fameuse entorse;

Chacun pour soi mes fils, c'est des modernes lois

La meilleure, morbleu! » Lors trois chemins s'offrirent

Et nos bohémiens sans hésiter les prirent

En se disant: adieu! Chacun croyait tenir

    Déjà tout l'or de l'avenir,

    Et cela sans aucun partage;

Ah! combien ils furent déçus!...
L'accord parfait ne s'entend plus
Dans maint gros et petit village:
O crins-crins du vieux violon
Grands écarts de la clarinette,
O profonds soupirs du basson!
Vous ne rapportez plus l'ancienne recette!
Nos trois vagabonds enfin
Jouaient, soufflaient, râclaient tout en mourant de faim!

Le bien n'avance guère, oui c'est chose certaine!
Jadis, que nous disait le sage La Fontaine?
Un vieillard conseilla la concorde à ses fils,
Leur en faisant comprendre et le charme et le prix;
De nos jours, trop souvent qu'arrive-t-il? le père
Conseille et donne aussi l'exemple du contraire!

XX.

LE CHARPENTIER ET LES OUTILS.

APOLOGUE.

Dans certain atelier
D'un Maître-Charpentier
Clous, et Marteaux, et Tenailles
Se livraient maintes batailles:
De même que chez des fous
Tout va sens dessus dessous...
On se croit le plus habile
On se dit le plus utile,
Et personne n'en démord;
Quelques Clous crient bien fort:
« Voyez cet échafaudage
  » N'est-il pas notre ouvrage? »

« Allons pas tant de vanité, »

Dit un Marteau, dans son langage,

« A la ville, comme au village,

» On connait mon autorité;

» Qui pourrait vous fixer petits sots sans ma tête ? »

La Tenaille grinça: « Hé ! serais-je une bête?

» Mon rôle est beau pourtant: j'arrache les vieux clous

» Et les neufs mal plantés... mes amis gare à vous ! »

Ce léger coup de vent enfante une tempête,

Chacun croyait avoir la vérité pour soi...

(Chez les humains aussi c'est l'éternelle loi !)

Survint le Charpentier: « Silence ! »

S'écria-t-il; « phraseurs, vantards,

» L'orgueil vous mettra-t-il nuit et jour en démence?

» On vous dit éloquents, vous n'êtes que bavards !

» Qu'on ne tarde pas plus, qu'à sa place on se rende;

» Seul ici, Messieurs, je commande.

» Sans vous je suis, dit-on, comme un grand treuil sans bras,

» Un prince sans armée, un banquier sans ducats;

» Mais qu'êtes-vous sans moi, pauvre foule en désordre,

» Prête sans cesse à s'entre-mordre

» Et ne pouvant échafauder

» Nulle chose qui vaille, encor moins la fonder?

» Je suis la volonté, la force ordonnatrice,

» Sans moi s'écroûleraient les murs de l'édifice ! »

   A ces mots du Haut-Justicier

Chaque Outil, écoutant la voix de la prudence,

A sa place revient se ranger en silence.

Demeurons de l'avis du Maître-Charpentier:

   Il vaut mieux qu'une main puissante,

   Sage, hardie et prévoyante,

   Tienne ferme le gouvernail...

Sachant bientôt aussi ramener au bercail

Un troupeau que l'orgueil, ou l'intérêt entraîne

Et qui contre les lois s'insurge et se déchaîne...

Trop souvent certains Clous, soi-disant libéraux,

   Osent frapper les Marteaux

   Et, quand on ne les arrête,

Du Maître-Charpentier ils vont rompre la tête!

XXI.

LE BRACONNIER RETORS.

Un gendarme avait arrêté
Un vieux braconnier entêté
     Qui vivait de ses ruses;
Le fin maraud, sans tant d'excuses
Pour venir à bout d'un lapin,
     Qui lui donnait un fier tintouin,
Usa de certain tour, tiré de son bagage:
Il mit le feu, sans autre, à tout un gros village . . .
Peut-être pensez-vous qu'il reconnut ses torts?
Nullement: L'ami, comme un avocat retors
Disait blanc, disait noir, à qui voulait l'entendre;

Aussi s'écriait-il,

En son insolent babil:

« Quoi? qu'est-ce? on voudrait me pendre?

» Qu'ai-je donc manigancé?

» C'est le lapin, Messieurs, qu'a d'abord commencé! »

En tout ceci, l'on voit un tour certes pendable,

Mais après tout excusable,

Près de celui des gredins,

Qui pour parvenir à leurs fins,

Livreraient au pillage,

Bien plus d'un gros village!

Février ..71.

XXII.

LES TROIS COMPARAISONS.

Un jour que l'aimable printemps
Étalait ses joyaux sur la verte prairie,
Quand l'arbre élevait son encens,
Hommage à Dieu, plein d'harmonie!
Fillette, on ne peut plus sémillante et jolie,
Cueillait à travers champs mille étoiles en fleurs,
Qui n'avaient pour tout prix que leur fraîches couleurs...
Son bouquet fait, l'enfant aux fossettes vermeilles,
Accourt, et le présente au père, qui l'attend...
Elle dit: « Cher papa, prends pour toi ces merveilles ».

Celui-ci tout charmé, dit à sa belle enfant:

      « Combien m'aimes-tu ? — « Petit père,

      » Je t'aime grand comme la terre,

      » Qui jusqu'à ces grands bois s'étend. »

— « Mais Lili si ton coeur, tout petit coeur encore

» Contient tout cet amour, serait-il oublieux

      » Envers maman qui t'adore ? »

— « Oh ! non fit-elle, avec un élan tout joyeux,

» Car, moi j'aime maman plus grand que la montagne

» Que nous voyons là bas ! » Et l'espiègle accompagne

La parole du geste et montre à l'horizon

La cime du Mont-Blanc, qu'éclaire un gai rayon.

Contre son sein alors, pressant la tête blonde,

Le père répondit : « Chère mignonne, toi,

» Dont la vive tendresse est pour nous si profonde,

» Combien saurais-tu donc aimer Dieu ? dis le moi : »

      — « Dieu ! reprit-elle, je l'aime

      » Grand comme le ciel lui même ! »

XXIII.

LE COQ-D'INDE ET LES PAONS.

Un Dindon fort dépenaillé
S'était un jour fourvoyé
Parmi des Paons... Le pauvre hère
Poussait glou-glou sur glou-glou
A s'en érailler le cou,
Chansonnant ces Messieurs qui ne l'écoutaient guère.
C'est honteux, disait-il, déplorable de voir
Ces nobles du matin au soir

Ne rien faire,

Partout se pavaner, montrant à tout passant

Leur luxe éblouissant.

Il s'irritait surtout d'entendre

Donner de l'*Excellence* et traiter de *Seigneurs*

Ces gens que volontiers il aiderait à pendre,

Payant même la corde à des vauriens brailleurs,

Comme lui, plus ou moins, féroces niveleurs;

Mais en son propre orgueil cet oiseau vint se prendre:

Pour amuser le Roi des Paons

On remit au Coq-d'Inde un titre de noblesse,

Et, bien plus fier que tous les Artabans,

L'ennobli bientôt s'empresse,

De ses nouveaux amis parodiant le ton,

A s'annoncer partout comme leur camarade:

Son nom avait brillé dans plus d'une croisade!..

Aussi se disait-il: Messire du Dindon

Marquis de la Dindonnade!

Combien l'on en voit de nos jours

De Catons de cette espèce

Qui du fond des basses-cours

Déclament contre la richesse,

Le luxe, la noblesse,

Et qui, grâce au hasard, devenus fortunés

Surpassent en défauts ceux qu'ils ont chansonnés!

NOTE.

C'est peut-être avec trop de présomption que j'ai entrepris de mettre en vers les quelques productions qui vont suivre, et dont j'ai révélé fidèlement les provenances diverses.

Parmi ces récits il en est d'assez peu connus, ils appartiennent pour la plupart à des fabulistes et à des conteurs de nationalités différentes.

Un recueil de littérature cosmopolite, de ce genre, me paraît d'une heureuse idée ; puisse cet essai rencontrer quelque indulgence près du lecteur et engager d'autres glaneurs, plus heureux, à poursuivre l'oeuvre que je n'ai fait qu'esquisser.

H. DE T. DE F.

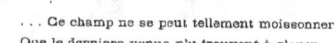

. . . Ce champ ne se peut tellement moissonner
Que le derniers venus n'y trouvent à glaner.

LA FONTAINE,

(LIVRE III, FABLE 1.)

XXIV.

LE ROSSIGNOL ET LA FOURMI.

CONTE PERSAN (*).

L e chantre du printemps, l'aimable Rossignol,
Un matin prenant son vol,
S'arrête en un enclos orné de fleurs brillantes ;
Perché sur un rosier,
Des notes éclatantes
Retentissent au loin de son divin gosier ...
Il aimait une rose aux feuilles enivrantes !
Au pied de l'arbuste fleuri

(*) Saadi, Poète persan du XIIIème siècle.

Une prévoyante Fourmi

Avait créé son asile

Et de grains elle avait comblé ce domicile,

Sachant qu'il est de mauvais jours...

Que fait le Rossignol ? Il chante ses amours !

Le tendre oiseau, qu'un fol amour captive,

Ne peut songer que l'heure est fugitive ;

Tout joyeux, enivré de ses propres accords,

Jetait à tous les vents ses ravissants trésors ;

Amant passionné, peut-il faire autre chose ?..

Que de secrets soupirs entend la douce rose !..

Mais le vent du matin

Les souffle à la Fourmi butinant au jardin ;

Aussitôt vaguement la curieuse écoute

Et surprend les aveux des plus tendres amours.

Voulant mieux épeler ces étranges discours,

La Fourmi, chose rare, en route

S'attarde et se dit alors :

« Pauvres fous ! à quoi bon tous ces brûlants transports,

Ces badinages ?

Nous en verrons les avantages : .

Laissons venir un autre temps ».

Bientôt le charme du printemps
Fit place aux sombres jours d'automne;
Alors, non loin du nid
Du pauvre Rossignol proscrit,
Vint la corneille monotone,
Le vent siffle... l'arbre frissonne...
Plus de soupirs, plus de chants,
De ramage à travers jardins, bosquets et champs!
Où naguère il trouvait tant de senteurs divines,
L'oiseau ne trouve plus que d'arides épines!
Le feuillage jaunit, sous le souffle du nord
S'envole desséché du rameau, qui se tord,
Et l'arrière-saison, de plus en plus piquante,
Flétrit le dernier brin de la dernière plante:
Tout est mort!!!..
Perles et diamants en pluie éblouissante
Vinrent joncher les prés déserts;
Le camphre le plus pur, tamisé par les airs,
Couvrit d'un blanc tapis la colline et la plaine...
Le Rossignol vola de nouveau vers sa reine,
Qu'il croyait retrouver sur l'arbuste chéri:
L'objet de ses amours, hélas! était flétri!

En butte aux coups de la détresse

L'oiseau ne songe plus à ses douces chansons.

Bientôt du froid hiver survint l'âpre tristesse.

Un souffle glacial, agitant les buissons,

A ramené partout le deuil et la disette ;

Mais l'oiseau se souvint de la sage Fourmi,

Qui trottinait naguère emportant quelque miette ;

Il croit que son grenier est le toit d'un ami,

Que chez elle, à coup sûr, millet ou seigle abonde,

Que vide n'est jamais son admirable nid.

Devant cette demeure, en forme de rotonde,

     Le Rossignol s'approche, et dit :

       « Bonne voisine !

     » Ouvrez vite votre chaumine,

     » Je me sens pressé par la faim

     » Et suis transi sur le chemin ;

     » Vous savez que la bienfaisance,

     » Ce capital d'un être heureux,

     » Aime à secourir l'indigence ;

     » Que votre coeur soit généreux !

» Vous avez amassé pour les jours de disette,

» Ne pourrâis-je espérer ma part de la cueillette ? »

La Fourmi lui répond: « Cher voisin, jour et nuit

       » Les échos ont reproduit

       » Toutes vos chansons joyeuses...

» J'employais au travail ces heures précieuses.

     » Tandis que vous, jeune insensé,

» Vous aviez oublié, par vos rêves bercé,

» Que toujours le printemps est suivi de l'automne,

» Dont souvent les frimas sont la triste couronne;

» Ainsi que les saisons nous mènent à l'hiver,

» Tout chemin, forcément, aboutit au désert! »

Oh! vous tous, jeunes gens, à la foi sans limite

       En vos folles amours,

Vous le voyez, hélas! le temps s'écoule vite,

     Quand on est au sein des beaux jours;

    Et nombre d'amitiés fidelles,

     Comme une douce liaison,

    Connaissent les douleurs cruelles

       De la séparation!

XXV.

L'ÉLÉPHANT GOUVERNEUR.

IMITÉ DE KRILOFF (*).

Hauts princes, gouvernants et rois
Trop indulgents, sont à craindre parfois:
Généreux par faiblesse, ils ne sauraient que nuire
Encourageant les abus, les profits
De quelques rançonneurs qu'on devrait voir punis,
Plutôt que d'en subir la funeste influence...

Un Éléphant, des mieux en cour,
Fut nommé gouverneur d'une forêt immense;

(*) Dit: le La Fontaine des Russes, né à Moscou en 1768.

Fort gros de corps, il avait l'esprit court,

Et manquait de l'intelligence

Que toujours l'on accorde à ceux de son espèce,

Remarquables, dit-on, par leur grande sagesse.

Ce prince, en indulgent patron,

N'eut voulu faire tort au moindre moucheron;

Il eut, dans sa faiblesse,

Volontier pardonné, même au noir scorpion!

Un beau matin, parvint à l'audience

Certain écrit, grave accusation!

Constatant la fréquence

D'un abus, que les loups s'étaient dûment permis

Contre de faibles brebis.

Ces Messieurs pour avoir une chaude fourrure,

Qui les mit à l'abri de l'atroce froidure,

Leur écorchaient la peau,

De la queue au museau,

Sans écouter leur doléance.

— « Etres méchants! Etres sans coeur! »

S'écria notre Gouverneur.

Quelques loups sont mandés: « Quelle est cette impudence?

» Pourquoi donc dépouiller à tel point nos troupeaux,

» Qui vous donna le droit de lever ces impots ? »

　　　— « N'est-ce point vous même Excellence ?

　　» Grâce à votre dernier statut

» Nous pouvons prélever un modique tribut

　　» Choisissant parmi les plus belles

» Et pour chacun de nous, une simple toison,

　　» Lors du retour de la froide saison;

» A quoi donc prétendraient ces galeuses rebelles ? »

　　　— « Allons c'est bon, plus de querelles !

　　» Me croyez-vous les sens obtus ? »

　　Dit l'Éléphant, « l'affaire est décidée :

» J'approuve qu'une peau par brebis soit ôtée;

　　» Mais ce serait un violent abus

» Que de leur enlever le moindre poil en plus ! »

XXVI.

LA HERSE.

Un fermier Américain
Envoya chez son voisin,
Deux gars emprunter une herse;
Chemin faisant l'un d'eux, en son esprit s'exerce,
Pour inventer un bon moyen
De pouvoir se soustraire au fardeau mitoyen.
Ce compère rusé chérissait la paresse:
Parler subtilement, c'était là son adresse.
— « Ne crois-tu pas qu'il soit douteux,

» Et chose à peu près impossible,
Dit-il au compagnon, grand et fort, « qu'à nous deux
          » Par une route aussi pénible,
» Nous puissions porter la herse à la maison? »
— « Allons donc, répond l'autre, à moi seul je m'en charge,
» Regarde bien mon dos, n'est-il pas assez large
» Pour charger une aussi mesquine cargaison? »
          Bientôt après sur son échine
Vaillamment le vantard implante la machine.
          — « Tu me parais un vrai Samson!
S'écria le finaud, « et crois en ma parole,
» En toute l'Amérique on n'a vu telle épaule,
          » Quelle encolure de bizon!
» Pourtant, ne crains-tu pas, malgré ta grande force,
          » D'attraper quelque fière entorse?
          » Il suffirait, d'un seul caillou!..
          » Je vais t'aider, laisse moi faire...
» Arrête-toi, mon cher, pose la herse à terre
          » Ou tu vas te rompre le cou! »
Mais l'autre repliqua, chancelant, hors d'haleine
Et malgré lui soufflant plus fort qu'une baleine:
« Moi, je la porterai jusques à la maison,

» Même plus loin, je le parie ! »
Ah s'il en vint à bout, son épaule meurtrie
Fit bien rire chacun, non sans quelque raison.

La douce flatterie,
Au souffle fallacieux,
Subjugue l'homme à l'homme
Par ses détours captieux
Et le change, parfois, même en bête de somme.

XXVII.

LE POUVOIR DU VIN.

CONTE GREC.

Dyonis, jeune encor, revenait d'un voyage,
    Quand, fatigué du long chemin,
    Il s'assit sous un frais ombrage;
    A ses regards s'offrit soudain
Une plante jolie, à peine hors de terre,
Et de l'homme inconnue... Il voudrait l'emporter
    Et chez lui la replanter;

Mais il ne sait comment faire
Pour lui garder sa fraîcheur.

Dans l'os d'un oiseau chanteur
Il parvient à placer la délicate plante,
Dont la tige aussitôt commence à s'élever.

L'enfant croyait rêver...
C'était une charmante,
Une étrange vision !

Ensuite il met cet os dans celui d'un lion :
La plante pousse encore plus belle et plus vivace,
A tel point que la place
De nouveau manque à ses bourgeons naissants
Qui se groupaient le long de l'étrange liane.

Dyonis trouve un beau tibia d'âne,
Il y glisse le tout dedans.

A peine de retour en son modeste enclos,
Sur le versant d'une colline,
Sans sortir la plante divine
De l'enveloppe des trois os
Il va l'enfouir... Bientôt à ses rameaux
Aux formes capricieuses,
On vit des grappes merveilleuses,

Dyonis les préssure et fait le premier vin
  Qu'il offre au genre humain.
Lors notre jouvenceau s'aperçoit d'un prodige:
Chaque buveur éprouve un singulier vertige;
On goûte encore au vin, l'homme élève la voix,
Et commance à chanter comme un oiseau des bois.
  Quand les mortels en burent d'avantage,
Cessèrent tout-à-coup leurs chants voluptueux,
Pour faire place aux cris d'un bien autre ramage:
Forts comme des lions et rugissant comme eux,
Ils auraient volontiers livré bataille aux Dieux!
On boit toujours, on boit et tout cuit sous les crânes,
Les têtes s'abaissant l'on fait trève aux clameurs,
  Et bon nombre de buveurs
  Plus ne ressemblent qu'à... des ânes!

XXVIII.

LA RÉPONSE DU BERGER.

CONTE EGYPTIEN.

En un palais des rois de la Lybie antique,
On voyait représenté,
Sur une fresque allégorique,
Un roi plein de dignité,
Assis sur un trône, au pinacle
D'une pyramide en or;
Il était sous l'abri d'un vaste tabernacle...

Plus bas on voyait encor,

Sur ces peintures murales,

Quatre figures colossales,

Qui soutenaient à la fois

Aux quatre angles, le noble poids:

Deux d'entre-elles,

Les plus belles,

Apparaissaient de plein front

Couvertes de somptueuses

Devises, comme aussi d'étoffes précieuses...

Sur le second plan, tout au fond,

Les deux autres cariatides,

Voûtant aussi leurs épaules solides,

Et portant des habits moins beaux,

Ne se voyaient que du dos.

Un prince en admirant cette large peinture

Ne pouvait parvenir

(Etant peu doué de nature)

A bien approfondir

Le sens allégorique,

De ce qu'il appelait, un tour de gymnastique...

Il fit venir un bergerot:

« Brave homme, lui dit-il, si tu sais le fin mot

» De ce que tu vois là, je t'en fais la promesse,

» Tu te verras parmi les grands de ma noblesse ».

    — « Seigneur, fit le berger,

     » Si, pour vous obliger,

» Il ne vous fallait autre on peut vous satisfaire,

» J'aime autant de parler, qu'à propos de me taire :

» Des deux puissants supports, prince, qui vous font face

» L'un dit, avec orgueil, « Je suis de noble race ».

» En se l'aliénant rien ne saurait s'asseoir !

» L'autre, voyez, désigne un auguste pouvoir :

    » La puissance sacerdotale

     » Parmi toutes capitale ;

» Et pour ne rien omettre, encor voyez plus loin

     » Figurés à chaque coin,

    » Du quadrangulaire cône,

     » Deux autres appuis du trône :

    » La sage gardienne des lois,

     » L'intègre Magistrature,

» Et le peuple prudent, qui, fidèle à ses rois,

    » Peut s'occuper d'agriculture,

» Comme de parvenir aux charges, aux emplois...

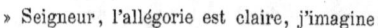

» Seigneur, l'allégorie est claire, j'imagine:

» Que l'on ôte un seul des appuis,

» Qui sont ce qu'à tout arbre est la racine,

» Et l'on verra bientôt détruits

» Les admirables équilibres

» Qui font les nations, et puissantes, et libres! »

XXIX.

LE PAYSAN ET SA FAMILLE.

D'APRÈS UN APOLOGUE FRANÇAIS.

Un paysan avait champs, forêts, beau grenier,
Et, comme un patriarche, une grande famille,
N'ayant plus ni garçon ni fille à marier,
Voilà qu'il s'ébaudit près du feu qui pétille.
Un soir que ses enfants entouraient le foyer,
« Laisse, lui dit l'aîné, la bêche et la faucille,
» De tes forces, mon père, il faut te défier;
» Remets-nous donc tes biens et tu vivras tranquille;
    » Chez l'un de nous choisis ton domicile.

— » Je vous demande un mois,

» Pour réfléchir, l'affaire est d'importance;

» Je veux la décider en prudent Franc-Comtois »,

Dit le malin vieillard, en levant la séance.

Un mois après, le bon homme avisé,

Rassemble ses enfants, puis entrant en matière,

Leur fait ce discours sensé,

D'un ton simple et débonnaire:

« Mes chers enfants, au verger je surpris

» De petits passereaux une pleine nichée

» Et tout de suite, avec soin, je les mis

» Dans une cage à ma porte accrochée.

» Les malheureux parents, poussant des cris plaintifs,

» S'efforçaient d'arriver vers leurs enfants captifs !

» Et, petit à petit, redoublant de courage,

» Abordèrent enfin la cage;

» A travers ses minces barreaux

» Ils leur donnaient, dans la journée,

» Presque à tout instant la becquée.

» Quand je vis les petits devenus grands et beaux

» A même enfin d'atteindre la vallée,

» Entrouvrant leur prison je leur dis: Chers moineaux

» Prenez votre volée...

» Un jour, au trébuchet,

» Je pris et père et mère

» Et les mis dans la cage où, leurs petits naguère,

» Grandissaient. A quoi bon, dis-je garnir l'auget

» De boisson et de nourriture ?

» Les enfants prennent soin des papas, des mamans,

» C'est, je pense, une loi de la sage nature.

» J'avais compté, mes chers enfants,

» Sans la vilaine ingratitude

» De la jeune volée... et ce coup me fut rude !

» Pauvres parents !

» Comme ils criaient misère !

» Mais nul de nos ingrats n'ouït leur plainte amère.

» Vous céder mon avoir ? Après cela ? pas moyen !

» Mes enfants, je garde mon bien ! »

XXX.

LE BLOC DE MARBRE ET LE MEUNIER.

IMITÉ DE O. D. POÈTE SUISSE.

Sur le chemin de Carrare
Un bloc de marbre sans tare
Gisait en deux parts brisé;
De l'une un sculpteur s'empare
Et de l'autre un Meunier vaniteux et rusé.

Le ciseau de l'habile artiste

Des chefs-d'oeuvre augmente la liste

Et l'art de Phidias est même retrouvé !

Un noble châtelain aussitôt captivé

De cet objet charmant et de grand style

Fit orner le péristyle

De son palais... Qui ne l'eut approuvé ?

Mais le Meunier qui sur le mesurage

Avait, comme disaient les malins du pays,

Gagné de plus grands biens que les biens du marquis,

S'écria: « Voyez donc, voyez le bel ouvrage,

Qu'ont ils fait, ces messieurs, du marbre partagé ?

Ma foi, de l'autre partie,

Repetait notre enragé,

J'en veux gratifier, sans plus, mon écurie ! »

Il dit et fit si bien qu'en plus de cent morceaux

Le marbre alla paver l'étable,

Réduit d'un aspect misérable,

Où trônaient deux mulets, un âne et trois pourceaux !

Ici le conte cesse et cependant j'ajoute

Un fait que l'on ne peut, je pense, mettre en doute:

C'est, qu'on vit aussitôt, des frondeurs libéraux,

Souvent plus fous encor que sots,
Exalter du meunier la balourdise extrême !

Pareils à ce Meunier, rempli de vanité,
Pullulent des adroits qui recherchent de même
Quelque vulgaire encens de popularité.

XXXI.

LES DEUX AVARES.

CONTE HÉBREUX.

Un avare, loin d'être encor simple novice,
    Apprenant que certain barbon
    Passait pour maître en avarice,
    Voulut tirer un bénéfice
Du savoir tant vanté de ce vieil Harpagon.
« Si ce n'est pas, fit-il, de la mythologie
    » Pour m'instruire, allons chez Gérémie...

·   ·   ·   ·   ·   ·   ·   ·   ·   ·   ·

« Soyez le bienvenu ! lui dit l'amphitrion,

» Mais n'usons pas du temps à jaser, car la vie,

      » Passant comme une vision,

» Demande qu'on s'en serve avec économie,

» Allons faire au marché quelque provision...

      » Salut ! la boulangère,

» Avez-vous du bon pain ? — « Maître mon pain est bon,

» Aussi frais que du beurre! — « Entends-tu mon confrère?

      » Le beurre est donc meilleur ! »

    Dit l'avare à son visiteur,

« Allons plus vite, ami, sans y perdre un quart d'heure !

    » Allons chez le marchand de beurre...

» Avez-vous aujourd'hui, père Zacharias,

» De bonne marchandise? — « Oui mon beurre est bien gras,

» Tout aussi savoureux que l'huile la plus fine;

    » Le Grand-Rabbin ne le dédaigne pas ».

— « Comprends-tu ? » dit le vieux, d'une voix pateline,

Et chez le marchand d'huile on entre sans tarder.

— « Votre huile est-elle bonne? — « O Maîtres, excellente!

    « Chacun la prend sans marchander,

    » Elle est tout aussi transparente

    » Que l'eau qui nous tombe des cieux,

» C'est une huile, enfin, des plus rares... »

— « Remarque ça, reprit l'avare des avares,

» C'est encor l'eau qui vaut le mieux:

» J'en ai plein un grand seau, c'est plus que tu n'en veux;

» Ami faisons donc trêve à toute baliverne,

» Dans peu tu jugeras de mon urbanité:

» Je te regalerai de l'eau de ma citerne;

» Oui, je te l'offre au nom de l'hospitalité! »

« Dieu soit loué! » se disait l'autre avare,

S'en retournant chez lui,

« Je n'ai pas fait pour rien un seul pas aujourd'hui;

» Je n'étais qu'un sot, qu'un ignare,

» Et l'on trouve toujours, ma foi,

» Un compère plus fin que soi! »

XXXII.

LE PÊCHEUR ET SA FEMME.

CONTE DES FRÈRES GRIMM.

Sur le bord de la mer on voit une cahutte,
Où certain pêcheur loge avec son Isabeau;
Contre l'adversité le vieux ménage lutte!...
Aussi, quand par malheur, le temps n'est pas au beau
Le pain du jour se tient, hélas! au fond de l'eau!
    Hiver comme été, dès l'aurore,
Actif et vigilant cet habile pêcheur
Lance son hameçon et le relance encore:
    Rien ne rebute son ardeur,
    Toujours par l'espoir soutenue!..

Un jour, des temps lointains, comme les cieux claircis
Se miraient dans la mer, notre homme était assis
Près des bords. Tout-à-coup, il tire une barbue,
Qui paraissait fort belle, il l'admire et sourit.

    Lors la prisonnière lui dit:

    « Je ne serais pas mon brave homme

    » Un fin régal de gastronome

» N'étant pas un poisson, mais un prince enchanté;

» De grâce! bon pêcheur, rends moi ma liberté;

» A quoi te servirait de m'enlever la vie? »

    — « Vrai! tu jases comme une pie, »

Répondit le pêcheur, « va, mon joli poisson,

    » Quitte et fuis mon hameçon!.. »

Du regard la barbue alors le remercie,

    Puis sans autre compliment

    Retourne en son élément.

Le pêcheur raconta l'aventure à sa femme:

    « Ah! quelle bonne âme!

    » Dit celle-ci; mais réponds-moi,

    » N'as-tu rien demandé pour toi?

» Notre cahutte est pauvre et toujours enfumée

    » Qu'il est triste de vivre ici!

» Sous un méchant toit de ramée,

» En proie à la peine, au souci!

» Retourne et dis à la barbue,

» Que nous voudrions posséder

» Plutôt une chaumière; elle nous est bien due;

» Comment ne pas nous l'accorder?

» Va vite, et fait notre demande... »

— « Ah! reprit le pêcheur bénin,

» Retourner là?.. pourquoi? Crois tu qu'elle m'attende? »

L'homme pourtant se remet en chemin,

C'est un faible caractère

Devant sa femme il doit se taire!

Arrivant au bord de la mer,

Qui ne reflétait plus le bel azur de l'air.

Il dit, d'une voix émue,

A l'invisible barbue:

« Tarare ondin, tarare ondin,

» Petit poisson, gentil fretin,

» Mon Isabeau crie et tempête

» Il en faut bien faire à sa tête! »

Tout à coup, la barbue apparaît et lui dit!

« Ton Isabeau que veut-elle,

» Des bijoux, de la dentelle ? »

— « Oh ! moins que cela lui suffit ;

Reprit notre brave homme, « une simple chaumière

» Ferait fort bien son affaire ».

— « C'est tout ce qu'elle voudrait ?

» Va, dit l'étrange barbue,

» Elle a ce qu'elle voulait ».

La femme attendait l'homme ; aussi dès sa venue

— « Vois, lui dit-elle, voit quelle habitation !

» Poules, légumes, fruits, tout à profusion !

» Comme cela charme la vue ! »

Notre couple connut quelque bien-être enfin

Et, pendant quinze jours, la femme fut heureuse.

Mais voilà qu'elle dit, prenant un air chagrin,

« Ta chaumière est ennuyeuse ;

» Ecoute mon vieux, sous ce toit

» Nous nous trouvons trop à l'étroit,

» J'étouffe entre ces quatre planches,

» Sous cet affreux plafond de branches :

» La barbue aurait pu te donner un châteaux,

» Pour l'avoir remise dans l'eau ;

» Retourne et nous aurons, cher homme,

» Un château tout en pierre, au lieu d'un pauvre chaume».

— « Femme, dit le pêcheur, la chaumière est fort bien,

» Pour des gens comme nous: Tu sais, nous n'avions rien !

» A quoi bon habiter une maison plus grande ? »

— « Trêve, dit Isabeau, fait ce que je commande ! »

   Il partit; contre ses vœux,

    Regards et front soucieux...

  Quand il fut près de « l'onde amère »

Elle était agitée et pourtant sans colère;

L'océan, comme un œil, d'une immense grandeur,

   Embrassant le ciel et la terre,

    Semblait, dans sa profondeur,

  Dejà couver une sourde fureur;

L'homme s'approche et prudemment repête:

  « Tarare ondin, tarare ondin

  » Petit poisson, gentil fretin

  » Mon Isabeau crie et tempete

  » Il en faut bien faire à sa tête ! »

   — « Que veut-elle ? » dit le poisson,

   — « Une grande et belle maison ! »

— « Soit; tu peux repartir... » L'homme trouva sa femme

   Qui l'attendait, faisant la dame,

Sur un magnifique perron...

Elle dit : « Entre donc, vois ces immenses salles,

» Partout le marbre et l'or, des plafonds jusqu'aux dalles! »

— « C'est mille fois trop beau! reprit l'homme étonné;

» Par tous les saints, ma belle,

» Sachons garder ce qu'on nous a donné! »

— » J'y réfléchirai » reprit-elle.

Le lendemain,

De grand matin,

La femme dit : « Vois-tu la grande plaine

» Et ces côteaux au loin, couverts de blés fleuris,

» Que j'en voudrais être la reine

» Et commander sur ce pays!

» Va donc retrouver la barbue;

» Elle nous donnera ce qui s'offre à ma vue :

» Moi, je serai la reine et tu seras le roi ».

— « Eh! pourquoi

» Mon amie? »

Dit le naïf pêcheur. « Je n'en ai nulle envie!

» Je me trouve déjà bien assez grand, ma foi! »

— « Eh bien! moi je veux être reine

» Et commander en souveraine ».

Alors, le bon mari, tout bas,

Se disait: non je n'irai pas,

Mais sans oser faire la mine

Vers le rivage il s'achemine.

Déjà des profondeurs, l'eau sombre bouillonnait;

Sur la crête des flots, une grisâtre écume,

En replis menaçants partout se contournait

Et repandait au loin une odeur de bitume...

Notre pêcheur rappelle le poisson...

— « Que veut ta femme encor ? » — « Elle veut être reine! »

— « Elle l'est déjà, va, retourne à la maison ».

Le château s'élevant au centre du domaine,

En un palais férique est métamorphosé:

Près d'une haute tour que protège un fossé

Retentissent tambours, trompettes et cymbales.

Des soldats sont rangés sous les voûtes royales

Et près du trône on voit des nains et des géants,

Tous fièrement campés, armés jusques aux dents.

Sous ces vastes lambris l'or le plus fin domine,

Partout nobles barons, dames et courtisans...

Enfin sous un grand dais, à la riche courtine,

Isabeau tient un sceptre d'or;

Que peut-elle vouloir encor?

L'homme se plaçant devant elle

Dit: « Te voilà donc reine! Oh! que c'est chose belle!

» Plus rien à souhaiter! Nous allons être heureux! »

— « Pas encor; va trouver le poisson généreux;

» Peut-il me refuser un tout petit caprice?

» Je voudrais être impératrice! »

Et grâce au poisson merveilleux,

Elle est impératrice, et parvenue au faîte

Des grandeurs, Isabeau doit être satisfaite:

Nullement! Que faut-il à ce coeur vaniteux?

A quelque temps de là, l'épouse dit à l'homme:

« Je veux devenir pape et gouverner à Rome!..

.   .   .   .

Elle est pape aussitôt... « Ah!!! » fit alors l'époux,

Que la vive clarté de la tiare inonde,

« Te voilà sur un trône et le plus haut de tous;

» Rois et princes de ce monde,

» Agenouillés, devant ta majesté,

» Proclament en tous lieux ta sainte autorité.

» Plus rien à désirer!.. Sache donc être heureuse

» N'as-tu pas, des splendeurs, atteint le dernier mot?

» Que pourrais-tu rêver donc de plus haut ? »

— « J'y penserai, » répond l'ambitieuse.

Le lendemain à son réveil,

Comme pour défier son étrange fortune,

Elle veut ordonner le lever du Soleil

Et présider aux phases de la Lune !

«De Dieu, c'est le pouvoir!» dit le brave-homme, – «Eh bien!

» Qu'il soit, dit-elle, aussi le mien !!! »

A ce blasphème affreux, comme atteint du tonnerre,

L'homme tomba la face contre terre ;

Isabeau n'en a point pitié,

Et l'enlevant d'un puissant coup de pied,

Elle lui dit: — « Pauvre homme, esprit vulgaire,

» Je prétends gouverner et la terre et les cieux;

» Va trouver ta barbue, à l'instant, je le veux ».

Le pêcheur malmené part, en courbant la tête,

Et court tout comme un fou... Mais alors la tempête

Se déchaîne, et le ciel plus noir que de la poix,

Fait entendre sa grande voix:

Les éclairs brûlent la campagne,

Le flot gros comme une montagne,

Parcourt dans sa fureur, l'indomptable élément,

S'abîme et puis se redresse géant,

Frappant avec fracas les rochers du rivage:

La voix du vieux pêcheur perce au sein de l'orage:

« Tarare ondin, tarare ondin,

» Petit poisson, gentil fretin,

» Mon Isabeau, crie et tempête

» Il en faut bien faire à sa tête ».

La barbue apparaît des profondeurs de l'eau

Disant: « Que veut encor ton Isabeau? »

— « Cher ondin! elle veut dominer l'étendue,

» Commander à la terre, au Soleil, à la nue,

» Être pareille à Dieu! » — « Retourne sur tes pas, »

Dit le poisson, « travaille et lutte

» Jusqu'à l'heure de ton trépas.

» Va rejoindre ta femme, elle est dans la cahutte ».

Tous deux ainsi frappés par le suprême arrêt

Logent, comme jadis, encore au jour qu'il est!

XXXIII.

LA TOUR, LA MAISONNETTE ET LE TORRENT.

D'APRÈS L'ANGLAIS.

« Aurea mediocritas »

Une tour s'élevait sur le sommet d'un mont
    Et son superbe front
Planait sur les sapins, des bois grands personnages ;
    Ces puissants sont atteints,
    A l'heure des orages
Par les vents déchaînés des horizons lointains,
Et la foudre, epargnant maint buisson des collines,
Frappe l'arbre hautain dominant les ravines...
    On eut pu voir, certain jour,

Cette large et forte tour
S'écroûler et couvrir sous ses débris sans nombre
Le lierre et le chardon qui croissaient à son ombre.
De même on eut pu voir, plus bas,
A mi-côte, et sortant d'un bouquet de lilas,
Une maison modeste toute en fête,
Qui paraissait sourire aux alentours:
Aussi ce nid de constantes amours,
N'entend-il que de loin le bruit de la tempête...
Tandis que le torrent dans les ravins profonds,
Silencieux d'abord, de ses fantasques bonds
Annonçait tout à coup la délirante rage,
Puis traçait sur un long parcours,
A travers cent et cent détours,
De la ruine hélas! la désolante image...

Dans cette vie, entre cime et ravin,
Heureux qui peut se frayer un chemin
Evitant la Misère, aux morsures hideuses,
Et sachant se garer des hauteurs dangereuses!

XXXIV.

UN JALOUX MANIAQUE.

D'APRÈS UN FABLIAU ESPAGÑOL.

Certain jaloux, habitant de Séville,
De son esprit fantasque épuisait les trésors,
    Pour s'assurer un quart d'heure tranquille
Lorsque ses intérêts l'appelaient au dehors :
A quelques soupirants voulant donner la chasse,
De piéges en grand nombre il larde la maison,
Il en fourre partout, aux coins de la terrasse,
Dans la cour, au grenier, jusque sur le balcon.

« Malheur à ceux qui pendant mon absence
Auraient, se disait-il, l'insolante imprudence
D'approcher ma moitié; tous comme des renards,
Seraient bien vite pris dans mes bons traquenards ».
 Matin et soir on pouvait le voir tendre
  Ses piéges, mais rien ne s'y venait prendre...
Pourtant certaine nuit, que ce mari jaloux,
Plus tard que d'habitude au logis vint se rendre,
Qu'entend-il ? tout d'abord un concert de matous:
  C'était un tintamarre étrange,
On eut dit le sabbat sous le toit d'une grange;
Ensuite il voit deux chats, en des pinces d'acier
Se trémousser ainsi que diable en bénitier;
Tout à coup, d'autres cris, d'une bien autre gamme,
Le glacent de stupeur... Il croit ouïr sa femme:
En effet, Dona Sol, « dans le simple appareil,
  D'une beauté qu'on arrache au sommeil, »
  De la terrasse entrouvrant la fenêtre
  Dans une fine embuche s'enchevêtre:
C'étaient des fils d'archal tendus à tout hasard...
Le jaloux croit tenir le galant, sans retard
Il s'élance et s'empêtre au même traquenard,

Puis tombe de son long à plat sur la terrasse
Montrant au firmament... l'opposé de sa face;
Surviennent les voisins avec force flambeaux,
Ah ! quelle gorge chaude ils font à ces tableaux!
Le jaloux en garda fort bonne souvenance
Et vit qu'à certains jeux le ridicule instruit,
Et, que s'il faut de la prudence,
Trop de méfiance
Nuit !

XXXV.

LA VÉRITÉ ET SON MIROIR.

D'APRÈS UN **CONTE ITALIEN.**

Vinca il Ver dunque e si rimanga in sella.

La Vérité, tenant dans sa main le Miroir
Emblème étincelant de son divin pouvoir,
Trouva sur son chemin l'Erreur, la Flatterie
Et l'Hydre des passions ;
Chacune en l'abordant cachait sa perfidie
Sous le masque trompeur des adulations :

Leur souffle alla ternir le métal symbolique,
Un voile se forma sur son poli magique:
    Et la Fille du Temps,
    Humiliée et trahie,
    Fuyant le guet-apens
    Déjà presque flétrie,
      Laissa choir
      Son Miroir!

Depuis lors, plus d'un prince et surtout plus d'un sage,
Qui voudrait distinguer le vrai du faux langage,
Consulte le Miroir où le juste s'instruit,
Mais qu'y découvre-t-il?.. Les ombres de la nuit!..

    Ici ma Muse incertaine,
    Pour donner à la fiction
    Une heureuse conclusion,
Fera quelques emprunts au sage La Fontaine:

« O vous, dont le public emporte tous les soins,
    « Magistrats, Princes et Ministres,
« Vous que doivent troubler mille accidents sinistres,
« Que le malheur abat, que le bonheur corrompt,

« Vous ne vous voyez point, vous ne voyez personne.

« Si quelque bon moment à ces pensers vous donne,

     « Quelque flatteur vous interrompt. »

     Je le dis aux rois, comme au sage :

Ne permettez jamais que de même on outrage

          L'honnête et pure Vérité,

Effarée, elle fuit loin de votre entourage,

Et vous n'en verrez plus l'idéale beauté !

XXXVI.

L'HOMME DE LETTRES ET L'ÉLÈVE.

EPILOGUE.

L'élève, reprenant des mains de l'homme de lettres, un
manuscrit, dont celui-ci vient d'achever la lecture :

Vous semblez augurer un favorable accueil,
De la part du public, à mon mince recueil;
Mais pourrait-il survivre à la moindre analyse ?

L'HOMME DE LETTRES

Laissez moi vous répondre avec quelque franchise :
Ainsi que l'apologue, un songe peut servir

De précepte à celui qui sait l'approfondir...
Jadis je fis un rêve... étrange échafaudage,
Dont voici la charpente: Au centre d'un village
En fête, je voyais la foule des badauds
Compter les lampions cloués à des poteaux...
La reclame est partout... partout mats de cocagne!..
On joue, on boit, l'on jure et seul le diable y gagne.
Des juifs de tous pays avec habileté
Trichaient et sur le poids et sur la qualité.
J'entendais les échos, d'une salle publique,
Exalter follement quelque farce cynique;
Enfin l'on ne voyait que d'éffrontés jongleurs;
Leurs succès tenaient seul aux boniments trompeurs.
Plus d'un politiquant, à la foi journalière,
Trafiquait d'un trésor, la presse mensongère.
Bref, tous semblaient des fous, agitant des grelots,
Pour s'amuser entre eux, et se moquer des sots!

L'ÉLÈVE

A quel sujet, grand Dieu! pareille philippique?
Votre récit, je crois, frise la politique.

L'HOMME DE LETTRES

Je m'arrête, en effet je suis loin d'approuver
Ce mélange fâcheux, qu'on devrait esquiver:
Viennet vous sert d'exemple et ses flèches lancées
Ont été par plus d'un hardiment ramassées;
Trop hardiment peut-être, et l'arc en votre main,
Péniblement tendu, lance un dard anodin;
Mais pour mieux achever, j'en reviens à mon songe:
Loin du bruyant bazar, vrai marché du mensonge,
Je voyais dans le vague un sentier sinueux,
Tout de ronces couvert et d'un parcourt scabreux;
Il menait sur un mont, où, singulier symbole,
Flottait au gré du vent certaine banderole,
D'un noble et beau tissu d'éclatante couleur,
Sur lequel on lisait ces seuls mots: Pour l'honneur.
Un imprudent, du mont, veut atteindre au pinacle,
Non sans heurts il franchit maint périlleux obstacle...
Malgré tout, mon héros montait vers les hauteurs,
Mais quelques bonds fâcheux égayaient les rieurs;
Enfin à mon regret de ce songe éphémère
Je ne pus démêler la vision dernière...

L'ÉLÈVE

Je vois l'allusion... Elle a quelque verdeur,
Et j'en saisis fort bien la piquante saveur.

L'HOMME DE LETTRES

Pourtant j'entrevoyais l'ami sur la colline,
Cherchant toujours d'atteindre au prix qui le fascine,
Aussi dans mon esprit, dus-je alors concevoir
Le voeu, que ses efforts, issus d'un noble espoir,
Vaudraient pour lui, malgré certaine défaillance,
Un groupe au moins de voix, lui criant: « Bien, avance! »

L'ÉLÈVE

Louer, ou critiquer, non sans quelque ornement,
C'est pousser, je le vois, à l'encouragement...

L'HOMME DE LETTRES

Oui, mais qu'on ne l'oublie, une Muse plaisante
Ou sublime, tendre ou mordante,
Dans les accents pompeux, ou badins de ses vers
Charmant l'âme et le coeur, fustigeant les travers,
Doit demeurer, pour tous, à jamais bien pensante.

TABLE

DES FABLES ET DES CONTES.

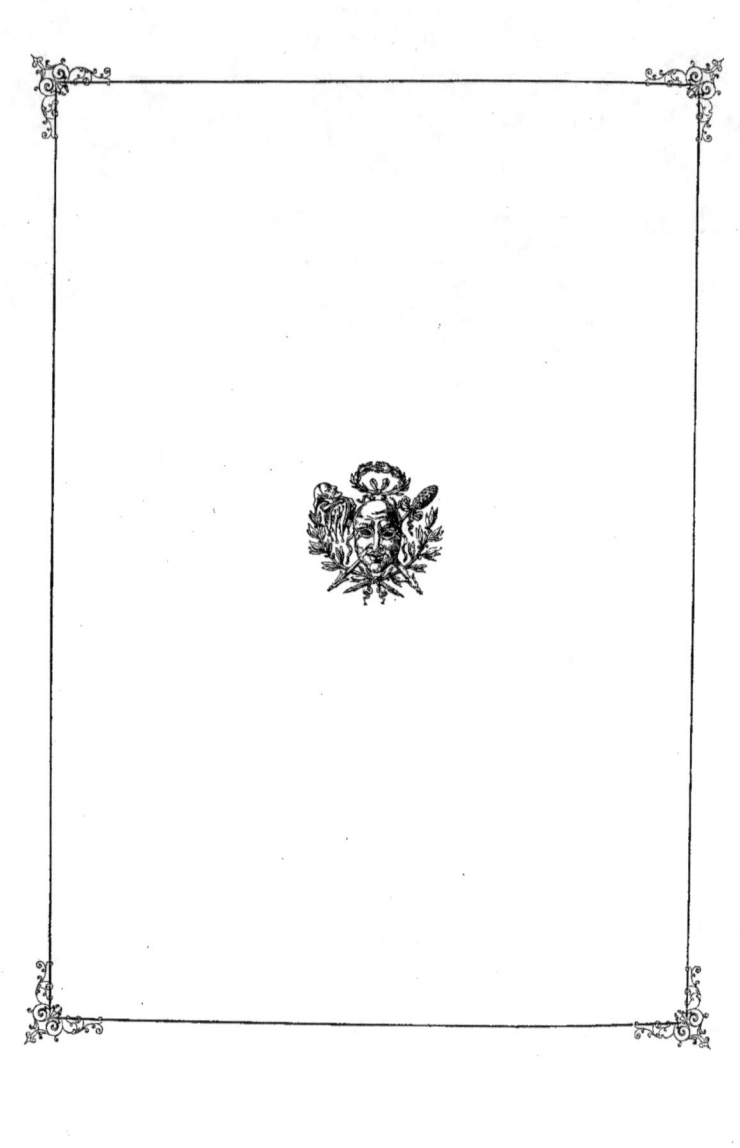

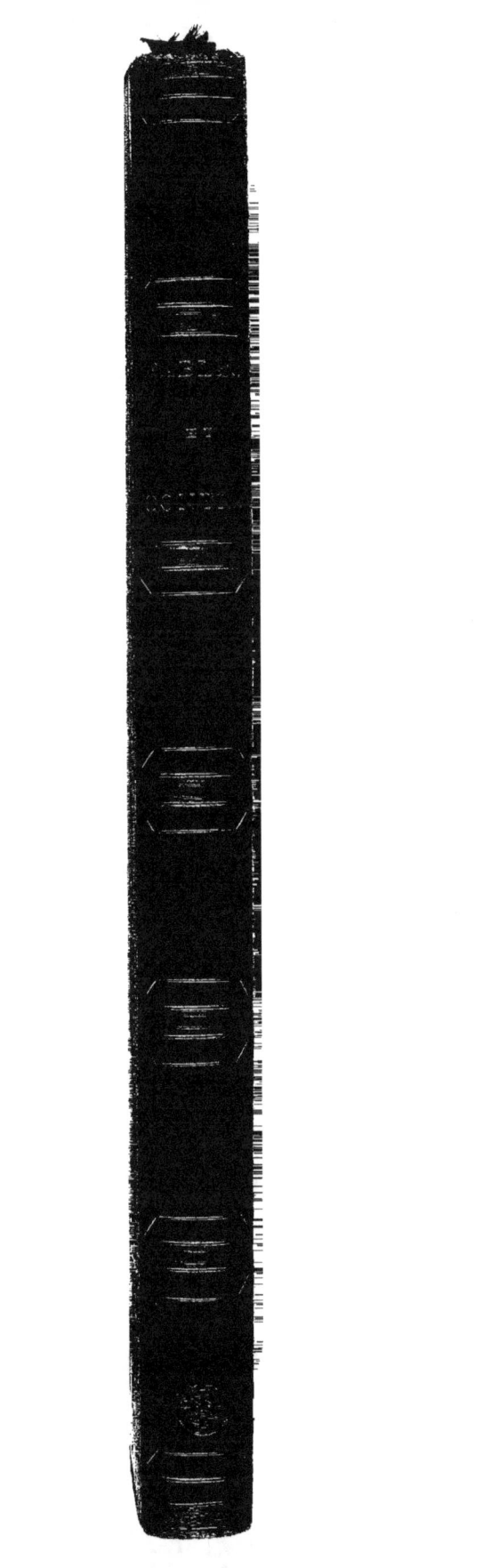

www.ingramcontent.com/pod-product-compliance
Lightning Source LLC
Chambersburg PA
CBHW051139260626

47170CB00005B/1893